FACULTÉ DE DROIT DE PARIS

THÈSE

POUR

LA LICENCE

par A. M. E. Vazieu

PARIS

TYPOGRAPHIE N. BLANPAIN

7, RUE JEANNE, 7

Représentant A. GAUTIER

16 ET 18, RUE DE LA CLEF

1875

F

THÈSE
POUR LA LICENCE

L'acte public sur les matières ci-après sera soutenu
le jeudi 25 février 1875, à 9 heures

PAR

Antonin-Marie-Étienne VAZIEU

Né à Villa-Savary (Aude)

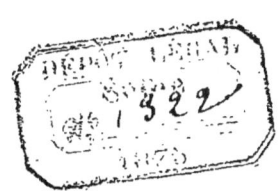

PRÉSIDENT : M. COLMET DE SANTERRE

SUFFRAGANTS :

{ MM. VALETTE,
BONNIER,
COLMET DAAGE, } professeurs.
CASSIN, agrégé.

Le Candidat répondra en outre aux questions qui lui seront
faites sur les autres matières de l'enseignement

PARIS

TYPOGRAPHIE N. BLANPAIN

7, rue Jeanne, 7

1875

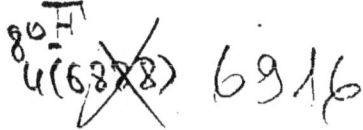

A MON PÈRE

A MA MÈRE

A MA SŒUR

JUS ROMANUM

DE FUNDO DOTALI

DE DIGESTIS LIBRI VIGESIMI TERTII, TITULUS QUINTUS

Varia fragmenta quibus ille titulus componitur, spectant hanc legis Juliæ dispositionem, limitantem mariti in fundo dotali potestates, quæ communi jure ad dominum pertinent : maritus, etiam sit dotis dominus, dotale prædium invitâ muliere alienare nequit.

In pristino jure romano, quum mulier viro in manum conveniebat, omnia quæ mulieris fuerant, viri dotis nomine fiebant, istiusque dominium dotales super res nullâ lege temperabatur. Sed quum bellis quæ imperium antecesserant, decimatus fuisset populus romanus, conatum est multis modis matrimonia augere.

Ægre nubent viduæ, præsertim quum dote carent ;

1

prohibitione autem prædia dotalia alienandi certa fit restitutio dotis ; idcirco lata est lex Julia ad faciliora reddenda viduarum connubia : reipublicæ intererat, mulieres dotes salvas habere propter quas nubere possint.

Attamen seu metu, seu minis, aut blanditiis alienationi sæpissime assentiebant mulieres, et, pretio a marito deinde dissipato, in miseriam deducebantur.

Tunc Justinianus, fragilitati illarum plenius succurrendum esse existimans, prohibuit ne dotalis fundi alienatio aut obligatio. consentientibus etiam uxoribus valerent, et prohibitionem quæ italica tantum prædia complectebatur protulit ad provincialia.

Dos est quidquid ad ferenda matrimonii onera marito affertur ; ideo dominium rerum dotalium mariti esse haud dubium est.

Hoc dominium multis firmatur textis, quorum probatissimum illud ex Gaii institutionibus : « Accidit aliquando ut qui dominus sit alienandæ rei potestatem non habeat. et qui dominus non sit, alienare possit, nam dotale prædium maritus, invitâ muliere, per legem Juliam prohibetur alienare, quamvis ipsius sit, vel mancipatum ei dotis causâ, vel in jure cessum, vel usurpatum. »

Maritus apud Gaium dicitur fundi dotalis dominus :
quomodo quippe non erit dominus, quum res illi
mancipata sit, aut in jure cessâ a domino, aut quum
usucapionem perficere propter illam potuerit ; quæ
acta enim rei corporalis causâ, ita prædii, patrata,
dominium non conferre nequeunt.

Quùm dotalis res, quæ in periculo mulieri versa-
tur, subrepta est, non illi sed viro competit actio
furti ; imo propter rem ab uxore ereptam, actionem
rerum amotarum, et si extat res, vindicationem in
illam intendere potest maritus.

Cæterum lex Julia ipsa mariti dominium statuit :
maritum enim haud dominum prohibens alienare
inanem sumpsisset operam legislator ; tantummodo
tum vere utilis est hæc prohibitio, quum pertinet ad
aliquem qui, jure communi proprietatis, alienare potest.

Imo solus est maritus dominus dotis ; quum aliqui
jurisconsulti, mulieri quoque proprietatis jus attri-
buere videntur, tantummodo docent mulierem quæ-
dam commoda, quasdam actiones propter dotem habere ; hoc principium nostro titulo confirmatur :
maritus enim si fundum Titii servientem dotali prædio adquisierit, servitus confunditur : sed si eumdem

Titio reddiderit sine restauratione servitutis, hoc marito imputabitur, et hoc casu maritus litis æstimationem præstabit ; quod si maritus solvendo non erit, utiles actiones adversus Titium mulieri ad restaurandam servitutem dantur. Sed cum uxor fundum, cui prædia viri servitutem debebant, in dotem dat, fundus ad maritum pervenit amissâ servitute : et ideo non potest videri per maritum jus fundi deterius factum : Quid ergo est ? Officio de dote judicantis continebitur, ut redintegratâ servitute, jubeat fundum mulieri, vel heredi ejus reddi.

QUANDO CESSAT LEX JULIA

De alienatione necessariâ. — Interdùm lex Julia de fundo dotali cessat. Alienationes quas maritus sponte facit et cum mente dominii transferendi, non valent ; quoties autem exstat alienationis causa necessaria, toties alienatio permittitur.

I. Dominus rei propter quam vicinus incommodo affecturus est damnum resarcire non in cæteris bonis tenebatur. Prisco vero jure prætorisque edicto talia providere pericula poterât vicinus vocans maritum in jus ut is, si corruerit ædificium, damnum solvere stipulatione promiserit. Cautionem non præstante marito, vicinus in possessionem dotalis prædii a præ- tore mittebatur, deinde possidere illud jubebatur ; at non statim equidem, sed prædium in bonis, justam- que causam usucapiendi habens, expleto tantum tempore, dominus ex jure Quiritium efficietur. Hæc alienatio fit, ut ait Paulus, quia voluntaria non est ; maritus enim non prædii dominium transferre, sed se non obligare voluit.

II. Maritus qui communem cum alio fundum inæs- timatum in dotem accepit, ad communi dividundo judicium provocare non potest, licet ipse provocari possit, suum enim jus alienare videtur in partibus quæ socio tribuuntur ; si autem socius cum marito communi dividundo egerit, tunc quod illi non obtige- rit recte alienatum videbitur ; hæc enim necessaria est alienatio, quia plerumque huic actioni resistere non poterit.

III. Quæritur autem de alienationis necessitate quum maritus postquam fundum frustrâ vindicave- rit, litis æstimationem accipit, necessariam esse pu- tamus hanc alienationem cum translatio possessionis manus militaris, jubente judice, non posset adhiberi, non enim sponte mariti hæc fit alienatio.

De alienatione per universitatem. — Per universitatem dotale prædium transit cum suo tamen jure, ut alienari non possit, aut ad heredem, sive ex testamento, sive ex lege is heres extiterit, aut ad dominum quum maritus major viginti annis ad participandum pretium se venumdari passus est, vel, dum libertus sit; quum a patrono, ingratitudinis causâ, in servitutem revocatus fuerit.

Item dicendum cum in adrogationem sese dederit maritus, aut quum quibusdam aliis societatem totorum bonorum contrahit, omnia enim bona coeuntium continuo communicantur; societas vero in dotali prædio majusquam maritus jus non habet.

Item adhuc quum bona per confiscationem aut alio modo ad fiscum pervenerint, quamvis fiscus semper idoneus successor sit et solvendo.

His casibus, prædium adhuc dotale intelligere debemus donec dos restituta sit, sive morte, sive divortio dirimatur matrimonium.

De prædiis æstimatis. — Non autem pertinet lex Julia ad prædia in dote cum æstimatione recepta,

tunc enim dotalis est æstimationis summa, non prædia dotalia sunt.

Quum res mobiles aut immobiles marito in dote
cum æstimatione dantur, jure communi, aliâ clausulâ
carente, hæc æstimatio venditio est, maritusque emp-
tor rei, pro æstimationis summâ, pretiique debitor
habetur ; tunc non res ipsa, sed æstimationis summa
dotalis est ; ideo prædium dotale sic constitutum
alienare poterit. Quum vero prædia æstimata post
dissolutum matrimonium reddi placuit, tunc summa
declaratur, non contrahitur venditio; atque æstimatione tantummodo fit certum pretium quod maritus,
si res culpâ suâ perit, vel fit deterior ; præstare debe-
bit.

Imo etiam si ullâ sine noxâ mariti res interit, huic
damnum imputabitur ; nam solæ certi corporis obli-
gationes rei interitu extinguuntur, ut ait Justinianus :
« in rebus dotis æstimatis dominium et periculum
mariti est. »

Quoties vero non æstimatæ res in dotem dantur, et
meliores et deteriores mulieri fiunt. Item minime mi-
nuitur erga res mobiles mariti dominium.

De rebus mobilibus. — Limitatio enim lege Juliâ
mariti potestatibus lata multis textis indicatur sese

referens non ad rerum dotalium universitatem, tantummodo vero dotalia ad prædia ; ista enim omnia texta rubricam præbent hoccemodo conceptam — Prædium dotale — De fundo dotali — Res soli.

Hoc solummodo spectantes, procùl dubio habebimus arbitrii planè mariti, mobilia dotis bona esse ; sed aliquid certius exstat :

Prætiosissima inter bona mobilia servi apud Romanos certè annumerandi sunt.

Quùm servos dotales, tum mobilia bona dotis alia ad nutum maritus fingere potest ; servumque et alienare et oppignerare, quùm manumittere, potest dominus ; porro autem multorum firmant textorum verba, dotalem manumitti servum, invitâ vel muliere, in potestate esse mariti, ut ait Papinianus in lege vigesimâ primâ, de manumissione, « servum dotalem vir qui solvendo est, constante matrimonio, manumittere potest. Si autem solvendo non est, licet alios creditores non habeat, libertas servi impediatur, ut constante matrimonio deberi dos intelligatur. »

Quod ad nomina pertinet, si immobilem continent obligationem, eorum alienatio prohibetur, si vero mobilis est obligatio, marito illa alienare licebit.

QUÆ ALIENATIONES PROHIBENTUR

Alienatio est omnis actus per quem rei dominium transfertur. Ut suprà diximus, dotale prædium, invitâ uxore alienare non potest maritus, item fundum dotali servo nisi tamen solius contemplatione mariti, legatum; dotalis enim intelligitur fundus qui in causâ rei dotalis est, id est qui per rem dotalem acquiritur, seu constante matrimonio, seu post divortium ; item si servo in dotem antè nuptias dato aliquid donatum vel legatum antè nuptias fuisset, ampliatur dos sicut ex fructibus fundi qui antè nuptias traditus est. (Jul., L. 47, *De Jure dotium.*)

Toties quoque non potest alienari fundus, quoties actio de dote competit aut omnimodo competitura est mulieri, aut heredi, dummodo mulier, dotis restitutionem antè mortem, dissoluto tamen matrimonio, persecuta sit ; nam actio in herede nasci non potest : quùm vero dotis restitutio, non a muliere, sed ab alio stipulatur, lex Julia non cessat.

Quùm vir prædium dotale vendidit, ait Papinianus, scienti vel ignoranti rem dotis esse, venditio non valet ; si autem in matrimonio mulier decesserit ; et dos lucro mariti cesserit, fundus non poterit avelli emptori.

Non solùm ergo dotalis fundus non poterit alienari, sed etiam longi temporis possessione non usucapietur, nisi hæc usucapio, antequam dos constitueretur inchoata sit.

Præterea deteriorem dotalis fundi conditionem maritus nullo modo facere potest, et sive urbanus sive rusticus sit fundus, illi servitutes imponere nequit ; nec magis amittere poterit in jure cedendo servitutes rusticorum prædiorum, quùm his per longum tempus usus non fuerit, aut urbanorum prædiorum cum servientis fundi dominum aliquid contra jus servitutis facere passus est.

Dominus enim libertatem istius prædii non potest usucapere, ut ait Ulpianus : « Nec libertas urbano prædio debito competit ne per hoc deterior conditio prædii fiat. »

Quod de marito idem de sponso juris fit si ante nuptias, dotis causâ, datum fuerit prædium.

Dotale prædium alienare nequit non solùm maritus sed etiam paterfamilias qui in potestate suâ maritum habet ; socerique voluntas in distrahendo dotali prædio nulla est.

QUÆ DOTALIA SUNT

Dotis appellatio non refertur ad ea matrimonia quæ consistere non possunt ; neque enim dos sine matrimonio esse potest.

Ubicumque igitur matrimonii nomen non est, nec dos est.

Dotalem debemus accipere omnem fundum urbanum vel rusticum quem mulier marito in dotem dedit ; item quod nomine mulieris ab alio dotis causâ accipit maritus dotale erit istud prædium, propter uxorem enim ad maritum provenisse videtur.

Dotale prædium sic accipimus cum dominium marito quæsitum est, ut tunc demum alienatio prohibeatur.

Non aliter erit quum mulier per dictionem fundum a marito debitum, sibi in dotem constituerit, fingitur enim fundum solutionis causâ mulieri a marito datum, illique a muliere, dotis nomine, restitutum.

Quod ipse debet fundum an decem hoc marito promittitur : docet Africanus in pendenti esse an fundus dotalis fiet, et quid in dote sit, mariti tum in arbitrio esse. Communi enim jure alternæ dibitor obligationis secundum suam optionem præstans alterutram rem in obligatione adscriptam liberatur.

Quod si mulier hisce verbis dotem constituit : « Quod mihi debes, Stichum aut fundum Cornelianum, uter velis tibi doti erit », mariti in arbitrio erit an sit dotalis; Sticho autem mortuo, mariti cessat arbitrium.

Si autem Cornelianum aut Sempronianum fundum marito qui alterutrum debet in dotem dederit mulier, is fundus quem dotalem esse maluerit maritus, dotalis fiet, et alterum fundum marito alienare licebit, sed si alienatum rursus redimit, adhuc in potestate ejus erit quem retinuerat alienare, et dotalis efficietur is qui alienatus fuerat.

Si fundum alienum mulieri debeat maritus, eumque mulier ei dotis nomine promiserit, in pendenti erit, et tunc fiet dotalis, cùm ad eum pervenerit.

Si fundum legatum sibi dotis causâ mulier repudiaverit, vel etiam substituto viro, omiserit hereditatem, vel legatum, erit fundus dotalis.

IN QUIBUS CAUSIS

CESSAT LONGI TEMPORIS PRÆSCRIPTIO

DE CODICE LIBRI SEPTIMI TITULUS TRIGESIMUS QUARTUS

In lege duodecim tabularum, dominii quodam lapsu temporis acquirendi modus erat usucapio. Qui a non domino sed bonâ fide justâque causâ rem acceperat, eam rem si mobilis erat anno ubique, si immobilis biennio, et tantum in italico solo, usucapiebat.

Sed ad provinciarum fundos non spectabat usucapio, populi enim romani proprietas provincialia habebantur prædia; ideo ne incerta remaneret eorum possessio, prætoris officio et imperatorum constitutionibus creata fuit longi temporis præscriptio, ita ut qui possiderat prædium per decennium, si adesset hujus prædii dominus, vel per vicennium, si abesset, adversus vindicantem se defendere posset.

Justiniano vero regnante totum eodem jure utitur imperium; usucapio et longi temporis præscriptio confunduntur; res mobiles per triennium, immobiles vero per longi temporis possessionem usucapiuntur.

Cessat vero in plurimis causis præscriptio longi temporis. Quinque exempla in nostro titulo indicantur.

L. 1. Colonus ab initio pro alio possidens, ideo non animo domini vitiosam causam possidendi mutare et sibi ædificare justam non potuit ; nemo enim sibi causam possessionis mutare potest. Idcirco colonus tuus conductionis instrumenta quibus dominium ad te pertinere probari potest, per novercam tuam subtrahendo, non per hoc mutat causam possidendi, et ideo non præscribit.

L. 2. Cessat quoque præscriptionis quæstio ubi de re mobili agitur, nam veteres extrà Italiam mobilium rerum usucapionem extendebant, atque ita de præscriptione longi temporis in rebus mobilibus, ita in servorum proprietatis negotio, quærere superfluum est, quum in illis usucapio triennii locum habeat.

Haud supervacua tamen nobis videtur longi temporis præscriptio, non semper enim similes sunt usucapionis atque præscriptionis effectus. Usucapio vero, salvo jure hypothecæ cæterorumque onerum, rerum dat dominium ; longo contra tempore possidens adversus omnes præscriptionis exceptione utitur. Cæterum longi temporis præscriptionis interruptio contestatione litis fiebat ; non item de usucapione, malâ enim fide superveniente, non impeditur usucapio.

L. 3. Unus individuum commune pro solido possidens, intervallo longi temporis, quominus socius portionem vindicare, vel eum communi dividundo judicio provocare possit, non defenditur quum neque familiæ erciscundæ judicium neque communi dividundo àctio excludatur longi temporis præscriptione. Actiones enim communi dividundo et familiæ erciscundæ triginta tantum annorum præscriptione excluduntur, quod pro mixtis, id est tam in rem quam in personam, habeantur.

L. 4. Propter eamdem rationem petitioni hereditatis longo tempore non præscribitur, nisi possessor cum titulo et bonâ fide dominium usuceperit, hoc est si quis alio titulo possidens usuceperit, tutus est; nec enim actione petitionis hereditatis conveniri potest. Hereditatem quidem petentibus longi temporis præscriptio nocere non potest, verùm his qui nec pro herede, nec pro possessore, sed pro empto, vel donato, seu alio titulo res quæ in hereditate sunt, vel fuerunt, possident : quum ab his successio vindicari non possit, nihil hæc juris definitio nocet.

L. 5. Si puerum non pro derelicto habitum, sed ab hostibus vulneratum sumptibus tuis sicut asseveras

lıberum existimans curasti, longi temporis præscriptione, quominus dominus ejus offerens erogata recte
vindicet defendi non potes. Qui puerum alienum vulneratum curat, non animo domini eum possidet; bona
fides tali possessioni deest. Qui ita possidet non
præscribit adversus dominum ; alias, nisi offerret ex-
pensas dominus, locus esset retentioni.

De pupillis et adolescentibus, eorum res usucapi
possunt; hæc regula autem exceptionem patitur
quum de illorum prædiis suburbanis et rusticis
agitur.

POSITIONES

—

I. — Vir fundi dotalis dominus est, imo solus dominus, etsi illum alienare non possit.

II. — Lex Julia cessat quum de prædiis in dote cum æstimatione datis, aut de rebus mobilibus agitur.

III. — Quum marito frustrà fundum dotalem vindicanti, litis æstimationem obtulit possessor, hujus fundi alienatio pro necessaria habetur.

IV. — Prædii dotalis, manente matrimonio usucapio fiet, quum antequam dos constitueretur, inchoata erit.

V. — Res pupilli usucapi possunt, exceptis tantummodo prædiis rusticis et suburbanis.

2

DROIT CIVIL FRANÇAIS

DES CAUSES QUI INTERROMPENT
OU SUSPENDENT LE COURS DE LA PRESCRIPTION

(Code civil, art. 2242 à 2259)

La prescription définie par le Code civil « un moyen d'acquérir ou de se libérer par un certain laps de temps et sous les conditions déterminées par la loi, » est une institution éminemment sociale sans laquelle rien ne serait certain dans les familles et dans l'État; mais afin d'empêcher qu'elle ne devînt un moyen trop facile de spoliation de la chose d'autrui, ou de résistance à des demandes de dettes légitimes, le législateur l'a environnée de diverses conditions de temps, différentes selon la bonne ou mauvaise foi du

possesseur, et en raison aussi de la nature des différentes espèces de dettes.

Des restrictions ont même été apportées en faveur
de certaines personnes incapables de conserver par
elles-mêmes, leurs droits. Parmi ces obstacles établis
par la loi, les uns empêchent absolument la prescription, d'autres l'interrompent seulement, et enfin il y
en a qui ne font qu'en suspendre le cours; nous n'a-
vons à nous occuper ici que de l'interruption et de
la suspension; c'est ce que nous allons faire dans
deux chapitres distincts.

§ I

DE L'INTERRUPTION

L'interruption est un obstacle survenu pendant le
cours d'une prescription, qui a pour effet de rendre
inutile tout le temps qui s'est écoulé antérieurement:
après la naissance d'une cause valable d'interruption,
il ne peut plus être question que d'une nouvelle prescription, dont le cours commence à partir du jour où
l'interruption a lieu et quelquefois plus tard.

Cette nouvelle prescription s'accomplira généralement par le même laps de temps que celle qui a été interrompue, car l'interruption qui a mis à néant la possession antérieure n'ébranle en rien le titre du prescrivant ; mais quelquefois, il en sera autrement, et la nouvelle prescription sera plus courte et plus facile, comme elle pourra être plus rigoureuse et plus longue que la première.

Cela arrivera en général toutes les fois qu'il y aura novation dans la dette;

Ainsi, par exemple, un débiteur, après avoir reconnu une dette ordinaire, remet à son créancier une lettre de change pour le payer, la prescription, de trentenaire qu'elle était auparavant, devient quinquennale ;

A l'inverse, lorsque débiteur envers vous par un billet à ordre souscrit pour une cause commerciale, ou par une lettre de change dont la prescription courait depuis quelques années, je viens reconnaître ma dette par un acte ordinaire et qui n'a rien de commercial ; alors, tandis que la prescription qui a été interrompue par la reconnaissance que j'ai faite de ma dette se serait accomplie par cinq ans, la prescription nouvelle, qui depuis le jour de l'interruption, court à mon profit, ne s'accomplira que par trente ans.

Il y a deux sortes d'interruptions : l'interruption naturelle et l'interruption civile.

Il y a interruption naturelle lorsque le possesseur est privé pendant plus d'un an de la jouissance de la chose, soit par l'ancien propriétaire, soit même par un tiers. C'est ce qu'en droit romain on appelait : *usurpatio*.

Il est indifférent, comme on le voit, que le possesseur soit privé de la possession par le fait de l'ancien propriétaire, ou par le fait d'un tiers ; dans un cas comme dans l'autre il n'a pas moins cessé de posséder ; or, la continuité de la possession est une qualité qui doit subsister non pas d'une manière relative, mais d'une manière absolue, de telle sorte qu'interrompue par les voies naturelles à l'égard des uns, elle est interrompue à l'égard de tous.

Il est à remarquer au reste, que l'intention conservant la possession, celle-ci ne serait point interrompue, par cela seul que le possesseur s'abstiendrait pendant un an de jouir, il faudrait pour le contraire qu'une possession étrangère vînt s'entremêler à la sienne.

Mais de simples troubles ne sont pas suffisants pour

interrompre la prescription; ils n'affectent point la continuité de la possession. Il faut qu'il y ait privation de la chose, il faut que la voie de fait aille jusqu'à la dépossession, et que cette dépossession, qu'elle soit le résultat de la violence ou d'une cause légitime, dure une année entière.

Ainsi l'année seule suffit, et la règle de l'ancien droit qui voulait que la possession fût d'un an et d'un jour pour servir de base à l'action possessoire, n'est plus en vigueur.

Cette règle de possession annale a été ainsi établie, parce que c'est pendant cette période de temps que les fruits d'un fonds sont recueillis.

Le possesseur, pour rendre non avenue l'interruption, devra dans l'année, soit obtenir du prescrivant un délaissement volontaire, soit se faire réintégrer par une action possessoire, et par le jugement qui l'aura fait triompher il sera réintégré dans sa possession, comme s'il n'en eût jamais été privé, car ce jugement aura un effet rétroactif au jour de la demande.

Le Code ne tient pas compte de l'interruption naturelle provenant d'une force majeure, d'une inondation par exemple; l'interruption occasionnée par le fait de l'homme est seule admise.

Il y a encore trois autres causes d'interruption naturelle : lorsque le possesseur par quelque motif particulier abdique volontairement sa possession ; dans ce cas, encore qu'aucun autre ne se soit emparé de la chose, il ne pourra point invoquer la première possession, et il en sera ainsi quelque court que soit l'espace de temps qui s'est écoulé entre le moment où il a abandonné sa première possession, et celui où il en a acquis une nouvelle. Lorsqu'une servitude, qui est en voie de se prescrire par le non-usage, est exercée de nouveau par le propriétaire du fonds dominant ; et enfin lorsqu'une chose changeant de condition passe dans la classe des objets non susceptibles de prescription.

Pendant que l'interruption naturelle, consistant dans la cessation de la possession, apporte un obstacle absolu à la prescription, l'interruption civile est relative dans ses effets, elle ne profite en général qu'à celui qui l'a faite ; réciproquement, elle n'interrompt la prescription qu'à l'égard de celui contre lequel elle a été pratiquée.

En outre, l'interruption naturelle est plutôt propre à la prescription acquisitive et à la prescription libératoire des servitudes seulement, tandis que l'interruption civile est commune aux deux prescriptions.

L'interruption civile résulte :

1° D'une citation en justice ;

2° D'un commandement ;

3° D'une saisie;

Signifiés à celui qu'on veut empêcher de prescrire.

4° D'une citation en conciliation, pourvu qu'elle soit suivie d'une demande en justice formée dans le mois de la non-comparution ou de la non-conciliation;

5° De la reconnaissance, faite par le possesseur ou le débiteur, du droit du propriétaire ou du créan-. cier.

I. Citation en justice

La citation est l'acte par lequel une personne en appelle une autre par exploit d'huissier, devant un tribunal, pour faire prononcer sur la prétention qu'elle élève contre elle;

Ainsi, à ne consulter que les termes de l'art. 2244, il semblerait que le pouvoir d'interrompre la prescription n'est accordé qu'à la demande formée par ex-

ploit introductif d'instance ; il est hors de doute cependant, que la prescription est interrompue par
toute demande en justice, qu'elle soit formée par citation ou autrement : telles sont les demandes inci-
dentes ou reconventionnelles qui se forment par simple requête ou par acte d'avoué à avoué.

Les arbitres constituant un tribunal, la citation à
comparaître devant eux aura aussi un pouvoir interruptif.

Quelques auteurs enseignent que la citation en justice n'a d'effet que pour le temps antérieur et permet
à une nouvelle prescription de recommencer aussitôt
après.

A l'appui de leur doctrine, ils disent que l'art. 2244
met sur la même ligne la citation et le commandement auquel personne ne reconnaît à la vérité l'effet
d'amener une interruption persistante.

Nous admettons au contraire, que l'interruption civile a pour effet, non-seulement de briser la prescription qui a couru jusqu'à elle, mais aussi d'empêcher
aucune prescription de naître tant que durera l'instance. Le demandeur s'en est remis à la justice, du
soin de faire reconnaître ses droits ; il est obligé d'at-
tendre sa décision et de suivre le cours d'une ins-

tance qui peut durer pendant un temps plus long que le délai de la prescription ; il ne peut donc pas se faire que son droit soit anéanti par une prescription nouvelle avant que le jugement soit prononcé.

Ainsi l'effet de l'interruption persiste tant que dure le procès, fût-il de 30 ans et plus, conformément à cette vieille maxime de Gaius : *actiones quæ tempore pereunt, semel inclusæ judicio, salvæ permanent.*

La citation en justice donnée devant un juge incompétent, interrompt la prescription : en établissant cette règle, le législateur a voulu d'abord faire cesser une divergence d'opinions qui existait sur ce point, dans l'ancienne jurisprudence ; en outre, les questions de compétence offrant de graves difficultés dans plusieurs cas, on n'a pas voulu rendre le demandeur victime de son erreur touchant le tribunal qui devait connaître de sa demande, et il n'y a pas à cet égard à distinguer entre l'incompétence *ratione materiæ* et l'incompétence *ratione personæ.*

Mais le Code ne fixe pas le délai particulier passé lequel, l'interruption résultant de la citation donnée devant un juge incompétent, peut être regardée comme non avenue.

Si le demandeur forme promptement une nouvelle

poursuite, il n'y aura point de difficultés; mais s'il néglige pendant un certain temps d'assigner l'autre partie devant le tribunal compétent, on ne peut pas dire que l'assignation tombera sous le coup de la péremption, lorsque trois ans se seront écoulés sans une nouvelle poursuite, car la péremption d'instance doit être invoquée, attendu que ses effets ne se produisent pas de plein droit; or, dans l'espèce, elle ne peut être demandée ni au tribunal dessaisi, ni au tribunal qui ne l'est pas encore. Nous croyons, au contraire, que l'interruption aura un effet de même durée que si elle était résultée d'un commandement, c'est-à-dire de trente années à compter de sa date, époque à laquelle aura commencé une nouvelle prescription absolument semblable à la première.

- La citation cependant n'interrompt la prescription que s'il survient un jugement reconnaissant le bien-fondé de la demande. Ainsi toutes les fois que la citation ne sera pas suivie d'un jugement favorable au demandeur, l'interruption devra être regardée comme non avenue.

C'est ce qui aura lieu :

1° Si l'assignation est nulle pour défaut de forme ;

2° Si le demandeur se désiste de sa demande ;

3° S'il laisse périmer l'instance ;

4° Si sa demande est rejetée.

DÉFAUT DE FORME DE L'ASSIGNATION. — Cette cause de nullité doit être invoquée par le défendeur, dès le début de l'instance, *in limine litis ;* en effet l'art. 173 du Code de procédure nous apprend qu'elle est couverte si elle n'est proposée avant toute défense ou exception autre que les exceptions d'incompétence.

Il faut également regarder l'interruption comme non avenue si la citation était donnée à une personne incapable de se défendre, mais la réciproque n'est pas vraie.

Ainsi. l'incapable qui, sans être dûment autorisé, donnerait une assignation à celui qui détient son immeuble, interromprait la prescription, car, pour conserver son droit, l'incapable est toujours considéré comme ayant capacité suffisante.

DÉSISTEMENT. — L'assignation perd son effet interruptif, si elle est suivie du désistement de la demande, c'est-à-dire de la procédure que le demandeur a commencée ; si celui-ci se désistait du droit lui-même qu'il prétend avoir, son désistement vaudrait reconnaissance de celui de l'autre partie, ou de sa libération.

PÉREMPTION. — La péremption d'instance n'a pas

lieu de plein droit, elle doit être invoquée et prononcée par un jugement. Ainsi, c'est le jugement qui déclare l'instance périmée, qui fait tomber l'assignation avec tous ses effets, notamment avec l'interruption.

La péremption ne détruit que l'instance ; elle n'a aucun effet direct sur le droit du demandeur ; cependant il pourra se faire que celui-ci perde son droit par suite de la péremption de l'instance ; cela arrivera lorsque la prescription se sera accomplie depuis l'assignation et avant le jugement qui a prononcé la péremption ; l'interruption de la prescription étant en effet annulée par la péremption, celle-ci sera considérée comme ayant couru malgré la citation.

· REJET DE LA DEMANDE. — Il faut que le rejet soit définitif ; en effet tant qu'il reste au défendeur un moyen de faire réformer la décision rendue contre lui, on ne peut pas réellement dire que la demande est rejetée.

La demande peut être rejetée, soit parce qu'elle serait prématurée ou mal intentée, soit parce qu'elle n'aurait pas été précédée d'une tentative de conciliation.

Si la demande est rejetée par un moyen du fond, celui contre lequel courrait la prescription a de plus, en sa faveur, une exception *rei judicatœ,* qui pourra toujours être opposée à l'action, sans qu'il y ait à s'occuper de savoir si elle est prescrite; il semble résulter de là que le défendeur n'ait plus d'intérêt à invoquer la prescription; il y a cependant certains cas où il y aura utilité pour lui à faire considérer l'interruption comme non avenue.

Ainsi, un créancier succombe dans sa demande intentée contre l'un des débiteurs d'une chose indivisible; celui-ci, à l'abri de nouvelles poursuites par l'autorité de la chose jugée n'aura pas besoin d'invoquer la non-interruption.

Mais il n'en sera pas de même de ses codébiteurs : chacun d'eux n'ayant point été en cause dans le premier procès, pourra être poursuivi, et ils auront tous dès lors, intérêt à ce que l'interruption qui avait résulté de la citation, soit regardée comme non avenue, surtout si le laps de temps exigé pour l'accomplissement de la prescription a achevé de s'écouler avant toute nouvelle poursuite dirigée contre eux.

II. Commandement

Le commandement forme aussi interruption, mais pourvu qu'il soit valable en lui-même et qu'il soit fait à celui que l'on veut empêcher de prescrire.

Le commandement suppose un titre authentique et en forme exécutoire; il diffère de la demande en justice en ce sens qu'il n'est pas comme cette dernière, soumis à la péremption ; il conserve son effet pendant trente ans, alors même qu'il n'est suivi d'aucune procédure. Le commandement est, sous ce rapport, plus énergique dans ses effets que la demande en justice, mais à un autre point de vue il en est différemment.

Ainsi, la demande en justice conserve son effet interruptif tant que dure l'instance ; après le commandement, au contraire, une nouvelle prescription commence à courir immédiatement.

Le commandement s'applique à la prescription acquisitive, comme à la prescription libératoire. Ainsi, une personne obtient contre une autre un jugement condamnant celle-ci à délaisser un immeuble, elle peut, s'il y a résistance de la part du possesseur, recourir à la force publique ; mais elle ne pourra le faire qu'après commandement de délaisser, qui interrompra la prescription réquisitive qui pouvait courir au profit de l'adversaire.

La sommation, quoiqu'elle ait beaucoup d'analogie avec le commandement, et qu'elle ne puisse laisser supposer l'inaction, n'interrompt pas cependant la prescription.

La sommation pouvant être faite sans titre, on n'a sans doute pas voulu que le prescrivant pût être inquiété sans être à même de vérifier le bien ou le malfondé des prétentions qu'on lui oppose ; car le commandement de payer fait au débiteur contient notification ou copie du titre qu'on veut mettre à exécution.

III. La saisie

L'effet interruptif donné à la saisie n'est pas sans utilité, quoique le commandement précède ordinairement la saisie.

Il y a en effet des saisies qu'on peut pratiquer

sans commandement préalable ; telles sont la saisie foraine, la saisie-revendication, la saisie-arrêt. En outre, même après la signification d'un commandement, il y a intérêt à considérer la prescription comme interrompue par la saisie, car celle-ci retarde ainsi la prescription de tout l'intervalle qui la sépare du commandement.

La signification faite au débiteur du transport d'une créance n'interrompt pas la prescription, car par elle le cessionnaire prétend simplement défendre au débiteur de s'acquitter en d'autres mains que dans les siennes, et ne fait contre lui aucun acte d'exécution.

Toutefois, si, lors de la signification, la créance était déjà frappée de saisies-arrêts, cette signification sera interruptive, car elle prend alors les caractères d'un acte d'exécution qui permettent de l'assimiler à une véritable saisie-arrêt.

IV. Citation en conciliation

La quatrième cause d'interruption civile est la citation en conciliation devant le juge de paix, mais à la condition qu'elle sera suivie, dans le mois à dater du jour où la personne citée a dû comparaître, d'une assignation qui soit elle-même efficace.

La loi en effet, qui a fait de la citation en justice le préliminaire obligé de la citation en conciliation, ne pouvait sans porter atteinte à l'équité, lui refuser le pouvoir d'interrompre la prescription. Soit une créance exigible depuis trente ans moins quelques jours ; le créancier découvre son droit en ce moment seulement ; il n'aurait pas en main la faculté d'interrompre la prescription, si la loi eût refusé le pouvoir interruptif à la citation en conciliation, car la loi ne lui permettant d'intenter valablement sa demande en justice que postérieurement à la tentative de conciliation, la prescription aurait pu s'accomplir, avant l'assignation.

Plusieurs questions se rattachent à cette matière.

1° L'art. 2245 ne parle que de la citation en conciliation : aussi on s'est demandé si le pouvoir interruptif doit être accordé à la comparution volontaire devant le juge de paix. Nous admettons l'affirmative avec la majorité des auteurs; en effet l'art. 48 du Code de Procédure met sur le même rang la comparution volontaire des parties et la citation.

Dans la négative, il faudrait recourir à une citation, or on ne peut supposer que la loi veuille punir le demandeur d'avoir épargné des frais inutiles.

2° Si, dans une affaire dispensée du préliminaire de conciliation, le demandeur, au lieu d'assigner directement devant le tribunal de première instance, a recours à la citation en conciliation, il y aura interruption ; en effet en accordant à la citation en conciliation le pouvoir d'interrompre la prescription, la loi ne distingue pas si la citation est ou non obligatoire ; d'ailleurs, il ne pourrait y avoir là tout au plus qu'une erreur de compétence, le demandeur n'a pas bien choisi le tribunal devant lequel il devait agir, et aux termes de l'art. 2246, l'erreur de compétence n'empêche pas une citation d'interrompre la prescription.

3° Si dans une affaire soumise au préliminaire de la conciliation, le demandeur assigne directement devant le tribunal de première instance, la prescription sera-t-elle interrompue?

Pour résoudre cette question, nous n'aurions qu'à invoquer le principe précédemment exposé. Il serait en effet bien étrange qu'une citation donnée devant un juge absolument incompétent interrompit la prescription, tandis que celle-ci qui est donnée devant un tribunal qui serait compétent si la tentative de conciliation avait eu lieu, ne produirait aucun effet. Et quand bien même le même principe ne serait pas admis, la solution ne devrait pas être différente, car alors l'acte auquel il s'agit d'accorder le pouvoir d'interrompre la prescription, n'est plus une citation en conciliation, c'est une assignation.

V. RECONNAISSANCE PAR LE DÉBITEUR OU POSSESSEUR DU DROIT DU CRÉANCIER OU DU PROPRIÉTAIRE

Indépendamment de la citation en justice, du commandement et de la saisie, il est encore un cinquième et dernier mode d'interruption civile indiqué par l'art. 2248. C'est la reconnaissance que le débiteur ou le possesseur fait du droit de celui contre lequel il prescrivait.

Cette reconnaissance peut être expresse, et résulter soit d'un acte authentique ou d'un écrit sous seing privé, soit même d'une lettre missive, comme aussi d'une déclaration verbale; elle peut même n'être que tacite et résulter de certains faits, de certaines circonstances qui équivalent à un aveu de la dette, par exemple, le payement des intérêts et arrérages produits par le principal dû, la prestation d'une caution ou la dation d'un gage, les offres réelles de la consignation et même non suivies de la consignation puisque la déclaration qu'on est prêt à payer, laisse supposer la reconnaissance d'une dette.

La reconnaissance de la dette sera d'ailleurs interruptive de la prescription, pourvu qu'elle résulte d'un acte fait soit avec le créancier, soit même avec un tiers.

La reconnaissance en effet n'a pas besoin d'être acceptée par le créancier, il suffit qu'elle ne soit pas répudiée par lui.

La preuve de la reconnaissance doit être faite par celui à qui elle doit profiter ; à défaut de preuve écrite, la reconnaissance de la dette pourra être prouvée par témoins toutes les fois que l'objet de la demande ne dépassera pas 150 francs.

La délation de serment pourra même intervenir utilement, car il s'agit dans ce cas, non de la réalité du droit, mais de l'existence du fait qui a interrompu la prescription.

L'acte interruptif devra être enregistré le plus tôt

possible : il est extrêmement utile à celui qui veut se
prévaloir de la reconnaissance, de donner une date
certaine à l'acte recognitif sous seing privé; car ce
n'est qu'à partir de l'accomplissement de cette forma-
lité que l'acte pourra être valablement opposé aux
tiers intéressés à ce que la prescription soit acquise,
tels que les cautions, les débiteurs solidaires et les
acquéreurs de droits réels sur des immeubles.

Il ne faut point confondre l'interruption de la prescription par la reconnaissance de la dette ou du droit
rival que fait le débiteur ou le possesseur avec la renonciation à une prescription.

L'interruption ne peut s'appliquer qu'à une prescription qui n'est pas encore accomplie; on ne peut
renoncer à une prescription que lorsqu'elle est acquise, et elle ne peut être opposée quand bien même
l'acte qui la constate aurait été enregistré de suite,
aux cautions ni aux débiteurs solidaires.

L'interruption civile ne profite qu'à la personne qui
l'a faite ou obtenue, et réciproquement elle n'est opposable qu'à celui contre lequel elle a été faite ou qui
l'a consentie : *A persona ad personam non fit interruptio active nec passive.* C'est l'application de la règle *res inter alios acta aliis non nocet nec prodest.*

Néanmoins, les art. 2249 et 2250 présentent quelques exceptions à ce principe.

Ces exceptions se rencontrent dans les cas de solidarité, d'indivisibilité et de cautionnement.

L'interpellation faite à l'un des débiteurs solidaires ou sa reconnaissance, interrompt la prescription contre tous les autres, même contre leurs héritiers. Réciproquement l'interpellation faite par l'un des créanciers solidaires au débiteur interrompt la prescription au profit des autres. C'est que débiteurs et créanciers se sont donné mandat pour conserver et perpétuer l'obligation.

Mais l'interpellation faite à l'un des héritiers d'un débiteur solidaire ou la reconnaissance de cet héritier, n'interrompt pas la prescription à l'égard des autres cohéritiers ; l'obligation du défunt se divise de plein droit entre ses héritiers ; chacun d'eux est bien solidaire pour sa part avec les autres codébiteurs, mais il n'y a aucune solidarité entre les héritiers.

De sorte que si le créancier n'exerce des poursuites que contre un seul des héritiers, la prescription ne sera interrompue que pour la part de celui-ci ; l'interruption ne peut exister vis-à-vis de ses cohéritiers qu'il ne représente pas et qui continueront à prescrire chacun pour sa part; quant aux codébiteurs survivants, la prescription sera interrompue vis-à-vis d'eux, pour un tiers de la dette totale, car le créancier n'a usé de son droit que dans cette proportion, puisque l'interpellé représente la dette pour un tiers seulement.

Mais si les héritiers sont tous poursuivis, l'interpellation à eux faite interrompra la prescription contre chacun d'eux pour sa part, et contre tous les codébiteurs pour le total; les mêmes effets seront obtenus par la reconnaissance de tous ces héritiers.

L'application de ces principes devra être admise alors même que la créance serait hypothécaire.

L'héritier qui a dans son lot l'immeuble hypothéqué pourra bien être poursuivi pour le tout, en sa qualité de tiers détenteur de l'immeuble affecté au payement de la dette; mais s'il est seul poursuivi, la prescription venant à s'accomplir, le créancier n'aura conservé sa créance, vis-à-vis de l'héritier interpellé et de ses cohéritiers, que pour la part de ce seul héritier, et dans la même mesure, seulement son hypothèque contre l'héritier interpellé; l'action hypothécaire en effet, n'étant que l'accessoire de l'action personnelle, elle s'éteindra en tout ou en partie, selon

que celle-ci subira une extinction totale ou partielle.

INDIVISIBILITÉ

Et il en sera ainsi pourvu toutefois que la dette ne
soit pas indivisible.

Or, la prescription d'une dette· indivisible interrompue contre l'un des héritiers, l'est, par là même,
contre les autres héritiers. L'objet d'une obligation
indivisible ne peut, en effet, se subdiviser en partie,
tous les cohéritiers sont tenus pour le tout comme
des débiteurs solidaires. '

CAUTIONNEMENT

Aux termes de l'art. 2250, l'interruption qui s'accomplit contre le débiteur principal s'accomplit par
là même, contre la caution.

Il n'y a pas à distinguer si cette interruption est le
résultat d'une interpellation judiciaire venant du

créancier, ou de la reconnaissance émanant du débiteur principal.

La créance contre la caution est la même que celle qui existe contre le débiteur principal et l'obligation accessoire doit suivre toujours le sort de l'obligation principale.

Mais en sens inverse, l'interpellation faite à la caution, ou la reconnaissance de la dette par la caution, n'interrompt pas la prescription contre le débiteur principal ; ce serait en effet régler ici le sort du principal d'après celui de l'accessoire ; en outre, si la caution peut payer, elle ne peut, en ne payant pas, rendre pire la condition du débiteur principal.

Bien plus, l'interpellation faite à la caution, n'opérera pas toujours l'interruption contre elle, car celle-ci peut faire valoir les exceptions réelles qui compètent au débiteur principal ; elle pourra donc invoquer la prescription toutes les fois qu'elle se sera accomplie au profit du débiteur principal.

On trouve encore d'autres exceptions à la règle *a personá ad personam, non fit interruptio :* telles sont la saisie immobilière qui profite non-seulement au poursuivant, mais encore à tous les créanciers, le cas de garantie et celui de mandat tacite.

§ II

DE LA SUSPENSION

La suspension de la prescription est un temps d'arrêt pendant lequel la prescription sommeille : *prœscriptio quiescit.*

Tandis que l'interruption brise dans son cours la prescription et l'anéantit pour tout le passé, la suspension n'efface point le temps antérieur, et la prescription reprend son cours quand la cause de suspension a cessé.

La suspension de la prescription tire son origine de l'ancienne maxime ; *contra non valentem agere, non currit prœscriptio;* mais cet adage n'a plus grande autorité aujourd'hui ; le Code l'a, avec raison, laissé de côté, car il avait donné lieu dans l'ancien droit à de profondes controverses. Les auteurs, animés d'un sentiment d'équité, étaient arrivés à trouver tant de causes de suspension, que la prescription menaçait de n'être plus désormais qu'une règle vaine et inutile.

C'est pour mettre un terme à toutes ces divergen-

ces d'opinions, foyers de procès sans fin, que le législateur a établi une règle unique formulée dans l'article 2251 : « La prescription court contre toutes personnes, à moins qu'elles ne soient dans quelques exceptions prévues par la loi ».

Et quoique certains auteurs enseignent que cet article ne doit s'entendre d'autre chose que des incapa-
cités personnelles, qu'en ce qui concerne les obstacles
ou impossibilités dérivant de causes étrangères à la
personne, il n'était point nécessaire qu'elles fussent
expressément articulées dans une loi, qu'en conséquence il est certains cas non exceptés par le législateur pour lesquels la prescription devra être écartée,
la guerre, la peste, par exemple, nous n'hésitons pas
à dire que ces cas de force majeure comme tous autres
sont exclus, par la disposition formelle de l'article qui
dit qu'il n'y a d'autres exceptions au principe de la
prescription que celles qui sont établies par la loi.

Les causes de suspension de la prescription établies
par le Code, sont fondées : 1° sur la qualité personnelle du créancier ou propriétaire ; 2° sur les rapports
existant entre ce créancier ou propriétaire et le débiteur ou le possesseur ; 3° sur la modalité de la créance.

CAUSES DE SUSPENSION FONDÉES SUR LA QUALITÉ DU CRÉANCIER OU DU PROPRIÉTAIRE

I. *Mineurs et interdits.*

La prescription ne court pas contre les mineurs et les interdits, sauf ce qui est dit à l'art. 2278, et à l'exception des autres cas déterminés par la loi (art. 2252).

Les mineurs et les interdits ont bien, il est vrai, un tuteur qui est chargé d'exercer les actions qui leur appartiennent; mais la protection qui est due aux incapables ne pouvait se limiter au droit commun, c'est-à-dire à leurs recours en dommages et intérêts contre leur tuteur; ils ne peuvent en effet le surveiller ni le faire destituer, s'il gère mal, et puis leur recours aurait été le plus souvent illusoire; aussi, pour ne point faire injustement retomber sur eux les suites désastreuses de la négligence de ceux qui sont commis à la garde de leurs droits, le législateur a établi la suspension de la prescription au profit du mineur et de l'interdit.

Néanmoins, la règle posée par l'art. 2252 a ses ex-

ceptions, cette faveur accordée aux mineurs et interdits a dû fléchir devant des considérations d'ordre
public ; l'art. 2252 lui-même nous renvoie à l'art. 2278
relatif aux prescriptions dites de courte durée, et
aux cas déterminés par des lois expresses : tels sont
notamment les art. 1663 et 1676 du Code civil pour
les prescriptions de l'action en réméré et de l'action
en rescision, et les art. 398 et 444 pour la prescription
d'instance et les délais d'appel.

Toutes ces prescriptions étant inférieures à dix
ans, il semblerait permis de dire, en s'attachant à l'es-
prit de la loi, que toutes les prescriptions de courte
durée, même à défaut de texte précis, ne peuvent
être suspendues à l'égard du mineur et de l'interdit.

Il y a lieu de distinguer, dans l'application de la règle qui veut que la prescription ne court contre les
mineurs que dans les cas déterminés par la loi, entre
la prescription et les délais préfix, indiqués dans les
art. 475 et 2270.

L'action du mineur contre son tuteur relativement
aux faits de la tutelle, dure dix ans à compter de la
majorité : il serait en effet difficile, après un plus long
temps, d'établir avec exactitude le compte de tutelle.

La responsabilité de l'architecte ou des entrepreneurs à raison des gros ouvrages qu'ils ont faits ou dirigés, dure dix ans; or, ces dix ans sont seulement un temps d'épreuve de la solidité du bâtiment, et cette solidité peut s'éprouver aussi bien pendant la minorité du propriétaire que pendant sa majorité.

D'après les termes de la loi, il n'y a pas à distinguer si les mineurs sont émancipés ou non; quelle que soit leur situation, la loi les protége tous également. Mais les personnes pourvues d'un conseil judiciaire seulement, ou en état d'imbécillité, de démence ou de fureur, sans être interdites, ne peuvent bénéficier de cette exception.

La prescription court également contre les militaires et les commerçants tombés en faillite ; les premiers peuvent avoir des mandataires; et on nomme aux seconds des syndics qui exercent toutes les actions qui leur appartiennent.

On dit souvent en matière de prescription que le mineur relève le majeur, l'incapable le capable; cette maxime est vraie seulement dans le cas d'indivisibilité; un droit invisible ne peut se perdre ou se conserver pour partie seulement; il ne suffirait donc pas qu'il y eût indivision pour que le majeur profitât de la suspension de prescription introduite dans l'intérêt du mineur ; il faut qu'il s'agisse d'une chose non susceptible d'une prestation partielle (art. 710, *Jouissance. des servitudes*).

II. *Femmes mariées* (art. 2254).

La prescription court contre la femme mariée, encore qu'elle ne soit point séparée par contrat de mariage ou en justice, à l'égard des biens dont le mari a l'administration, sauf son recours contre le mari.

En principe le mariage ne garantit pas la femme mariée de la prescription à l'égard des tiers. La raison en est que, malgré la dépendance où le mariage place la femme, celle-ci n'est pas condamnée à l'impossibilité d'agir.

Par l'effet du mariage, l'exercice de toutes les actions de la femme passe sur la tête du mari qui devient par là son mandataire. Celui-ci sera donc responsable de sa négligence et de sa faute, si elle est dommageable, quand même la prescription serait commencée avant le mariage.

Toutefois si la prescription était tellement immi-

4

nente, que le mari fût dans l'impossibilité de prendre
des mesures conservatoires, il échapperait à la responsabilité.

Cette règle générale que la femme mariée est soumise au droit commun en matière de prescription, re-
çoit quatre exceptions :

Première exception. — Quel que soit le régime sous
lequel la femme est mariée, la prescription ne court
point contre elle, quant aux actions en rescision des
contrats qu'elle aurait passés sans l'autorisation de son
mari, si ce n'est à partir de la dissolution du mariage.
Le législateur a pensé que durant le mariage, la femme
ne jouissant que d'une liberté morale restreinte, n'o-
sera pas demander à son mari l'autorisation d'intenter l'action en nullité d'un acte qu'elle aurait fait à son
insu et au mépris de son autorité maritale. Cette règle
se trouve formulée dans l'art. 1304.

Deuxième exception (art. 2255). — La prescription
ne court point pendant le mariage à l'égard de l'aliénation d'un fonds constitué sous le régime dotal, conformément à l'art. 1561.

Art. 1561. « Les immeubles dotaux, non déclarés
» aliénables par le contrat de mariage, sont impres-

» criptibles pendant le mariage, à moins que la pres-
» cription n'ait commencé auparavant.

» Ils deviennent néanmoins prescriptibles après
» la séparation de biens, quelle que soit l'époque à
» laquelle la prescription a commencé. »

Ainsi, quoique la séparation de biens n'ait pas pour
effet de rendre aliénables les immeubles dotaux, elle
les rend néanmoins prescriptibles; cette disposition
n'est que l'effet d'une réaction contre les conséquen-
ces trop absolues du régime dotal.

Après la séparation de biens, la femme a le droit de
faire révoquer l'aliénation d'un fonds dotal qui aurait été consentie soit par elle ou son mari, soit par
tous les deux conjointement; mais ce droit accordé
à la femme après la séparation de biens, rend cette
action révocatoire prescriptible à cette date.

Toutefois l'art. 2255 est limité par les art. 1304 et
2256, d'après lesquels la dissolution du mariage
pourra seule donner ouverture à la prescription toutes les fois que la femme aurait vendu l'immeuble
dotal, sans avoir obtenu à cet effet, l'autorisation de
son mari ou de justice, ou que l'action révocatoire
réfléchirait contre le mari.

Troisième exception. — La prescription est suspendue pendant le mariage, dans le cas où l'action de la femme ne pourrait être exercée qu'après une option à faire sur l'acceptation ou la renonciation de la communauté.

L'art. 2256 est fondé sur une considération toute morale; si la prescription courait contre la femme, celle-ci serait obligée de surveiller l'administration de son mari afin d'exercer les actions qui lui appartiennent, si le mari négligeait de le faire ; or, ce contrôle pourrait donner lieu à de graves dissentiments entre les époux ; néanmoins la séparation de biens donnant ouverture à l'option sur la communauté, ne permettra pas à la suspension de subsister plus longtemps; il serait donc convenable de remplacer ces mots « pendant le mariage » par ceux-ci « jusqu'à la dissolution de la communauté. »

Quatrième exception. —Sous quelque régime que la femme soit mariée, la prescription ne court point contre elle quant aux actions qui réfléchiraient contre le mari, si elle les exerçait contre le tiers qui y est soumis.

La loi n'a pas voulu mettre la femme dans l'alter-

native, ou de nuire à ses intérêts pécuniaires en res-
tant inactive, ou d'irriter son mari en intentant des
poursuites, qui, en réalité, retomberaient sur lui.

Mais ici, la séparation de biens ne sera plus une
cause d'extinction de la suspension ; car elle n'est pas
un indice de désunion entre les époux, et quoiqu'elle
donne à la femme l'administration de ses biens, elle
ne lui donne cependant pas une liberté suffisante pour
agir, alors que le mari qui aurait aliéné un bien propre de la femme sans le consentement de cette dernière, peut être, même après la séparation de biens,
appelé en garantie par le tiers détenteur poursuivi
par la femme.

Il ne faut pas se dissimuler pourtant que cette disposition de la loi peut produire des résultats bizarres.

Ainsi, dans le cas d'une donation ordinaire par le
mari d'un immeuble propre de la femme, le donataire
prescrira contre celle-ci, alors même qu'il serait de
mauvaise foi ; le donateur n'est ici soumis à aucune
garantie.

Au contraire, la donation a-t-elle lieu *dotis causâ*,
l'acheteur, même de bonne foi, d'un immeuble de la
femme vendu par le mari, verra la prescription qui
pourrait courir à son profit, suspendue jusqu'à la dis-

solution du mariage, à cause de l'obligation de garantie dont le mari sera tenu envers lui.

L'acheteur de bonne foi se trouvera donc ainsi moins favorablement traité que le donataire même de mauvaise foi.

CAUSES DE SUSPENSION FONDÉES SUR LES RELATIONS EXISTANT ENTRE LE DÉBITEUR ET LE CRÉANCIER, LE POSSESSEUR ET LE PROPRIÉTAIRE

Une deuxième classe de causes de suspension de la prescription, résulte de certaines relations ayant existé entre le créancier et le débiteur, ou entre le propriétaire et le possesseur. La prescription est suspendue pour ce motif, entre époux. Il serait contraire à la nature de la société du mariage, dit l'exposé des motifs, que les droits de chacun des époux ne fussent pas, l'un à l'égard de l'autre, respectés et conservés; s'il en était autrement du reste, rien ne serait plus facile aux époux, que de se faire, au mépris de la loi, des libéralités indirectes par le moyen de la prescription, envisagée comme aliénation tacite.

La prescription ne court pas non plus contre l'héritier bénéficiaire à l'égard des créances qu'il a contre la succession. Cette disposition se justifie par cette considération que l'héritier bénéficiaire saisi des biens de la succession, a sur le patrimoine du défunt un droit de gage dont l'existence l'excuse de n'avoir fait aucune protestation.

Il en est autrement des droits réels qui appartiennent à l'héritier sur les immeubles de la succession. Il est évident en effet, que si l'héritier qui trouve dans la succession un immeuble qui lui appartient, se met à le posséder comme bien de la succession, au lieu de le revendiquer comme sien, la possession ainsi exercée pour le compte de la succession, sera utile à celle-ci pour prescrire.

Réciproquement, la prescription est aussi suspendue au profit de la succession, pour ses créances contre l'héritier bénéficiaire; celui-ci, en effet, nommé administrateur des biens de la succession, est obligé d'interrompre les prescriptions qui courent contre elle; il ne pourrait y manquer sans faute ; autrement la prescription profiterait à celui-là même qui a l'obligation de l'interrompre; or, personne ne peut argumenter de l'inobservation de son devoir pour en tirer avantage : *Nemo ex delicto suo meliorem suam conditionem facere potest.*

On peut, par analogie de motifs, décider que les créances de l'administrateur légal, père, tuteur, envoyé en possession de biens d'absent, curateur à une succession vacante; ne peuvent se prescrire au profit du patrimoine administré.

La prescription court contre une succession vacante quoique non pourvue de curateur. La raison en est que toutes les personnes intéressées à la conservation des droits de la succession, pouvaient faire nommer un curateur qui eût interrompu la prescription.

Elle court aussi dans l'intérêt de la succession vacante contre les créanciers.

La succession, en effet, ne représente pas les créanciers, mais le défunt. Elle est donc à l'égard des intéressés, un tiers qui peut acquérir des droits contre eux.

La prescription court encore pendant les délais pour faire inventaire et délibérer, tant contre la succession qu'à son profit; et c'est avec raison, car rien n'empêche l'héritier bénéficiaire de faire des actes conservatoires, ni les créanciers de la succession de le poursuivre en cette qualité d'habile à succéder.

CAUSES DE SUSPENSION FONDÉES SUR LA MODALITÉ DE LA CRÉANCE

La troisième et dernière classe des causes de suspension de la prescription, comprend celles qui sont fondées sur la modalité de la créance.

DE LA CONDITION

La condition dont dépend une créance, suspend, jusqu'à son accomplissement, le cours de la prescription.

Il s'agit ici, non de la condition résolutoire, mais de la condition suspensive qui retarde la perfection de la créance elle-même ; la condition résolutoire, en effet, ne suspend ni l'obligation ni l'exécution de l'obligation : elle en opère seulement la résolution, et remet les choses au même état qu'auparavant, si elle s'accomplit.

La prescription ne court pas, tant que l'action n'est pas née.

Ainsi, la prescription d'une servitude qui défend à

un voisin de faire quelque chose, ne commence que du jour où ce voisin a violé le contrat.

La prescription est suspendue dans les rapports seulement du créancier et du débiteur ; il n'en sera donc pas de même dans les rapports du créancier avec les tiers détenteurs. Ainsi le débiteur conditionnel qui a fourni une hypothèque au créancier pour sûreté de son obligation, ne pourra prescrire contre lui, tant que la condition ne sera par réalisée ; mais les tiers détenteurs pourront très-bien prescrire contre l'hypothèque à compter de leur acquisition, quoique la condition fût encore en suspens.

DE LA GARANTIE

A l'égard d'une action en garantie, la prescription ne commence à courir que du jour de l'éviction.

Ce cas rentre dans celui que nous venons d'étudier ; l'éviction est la condition suspensive à laquelle est subordonné l'exercice de l'action en garantie.

DU TERME

Enfin, en troisième lieu, la prescription ne court point à l'égard d'une créance à terme, jusqu'à ce que ce terme soit échu, peu importe que ce terme soit certain ou incertain; toutefois il ne suspend pas la prescription à l'égard des tiers acquéreurs.

Si la dette est payable en plusieurs termes, la prescription court pour chaque terme, à compter de son échéance. Quant à un droit de rente, la prescription court à compter du dernier payement d'arrérages ou du dernier acte de reconnaissance.

La condition suspensive et le terme ont le pouvoir de suspendre la prescription, par cette raison que la présomption de payement n'est pas admissible tant que le terme n'est pas échu, ou que la condition ne s'est pas réalisée.

On ne peut dire à la vérité, que le débiteur conditionnel a payé, alors qu'il ne devait pas encore ; en outre, il est évident que le payement n'a pu être demandé en justice par le créancier avant l'arrivée du terme, ou la réalisation de la condition.

L'art. 2257 qui pose la règle de cette suspension, ne parle que des créances; la prescription continue donc à courir à l'égard des droits réels, même lorsqu'ils sont conditionnels.

Pourquoi cette différence ?

L'inaction de celui qui est propriétaire sous condition suspensive, n'est nullement concluante; car d'après son titre, il n'a pas de droit quant à présent, il est même incertain qu'il en ait jamais; il peut, à la vérité, exercer les actes conservateurs que la loi autorise même pour la conservation d'un droit conditionnel; l'action en reconnaissance, par exemple, de son droit tel quel, indiquée dans l'art. 1180, et interrompre par ce moyen la prescription qui court contre lui; mais le créancier conditionnel a la même ressource, et il n'a pas à craindre le même danger.

Cette restriction trouve sa raison d'être dans cette idée : « La libre circulation des biens et la tranquillité des possesseurs ».

DROIT COMMERCIAL

DE LA PRESCRIPTION

EN MATIÈRE DE LETTRES DE CHANGE

ET DE BILLELS A ORDRE

(Code de commerce, art. 189)

Art. 189 : « Toutes actions relatives aux lettres de
» change et à ceux des billets à ordre souscrits par
» des négociants, marchands ou banquiers, ou pour
» faits de commerce, se prescrivent par cinq ans à
» compter du jour du protêt ou de la dernière pour-
» suite judiciaire, s'il n'y a eu condamnation ou si la
» dette n'a été reconnue par acte séparé. Néanmoins
» les prétendus débiteurs seront tenus, s'ils en sont

» requis d'affirmer sous·serment qu'ils ne sont plus
» redevables, et leurs veuves, héritiers ou ayant-
» cause qu'ils estiment de bonne foi qu'il n'est rien
» dû. »

La prescription quinquennale établie par l'art. 189 du Code de commerce, trouve son origine dans l'or-donnance de 1673. C'est pour remédier aux nombreux abus qu'avait fait naître la prescription trentenaire, que cette ordonnance décida que les lettres de change seraient réputées acquittées après cinq ans de cessa-tion de poursuites, à compter du lendemain de l'é-chéance ou du protêt, ou de la dernière poursuite.

Il n'était point question dans cette ordonnance du billet à ordre, par cette raison sans doute que leur usage était alors peu fréquent; mais aujourd'hui qu'ils sont aussi répandus dans le commerce que les lettres de change, l'art. 189 les a confondus dans la même disposition, il semble mettre même sur la même ligne les billets à ordre souscrits par des négo-ciants, marchands ou banquiers et les billets à ordre souscrits pour faits de commerce. Mais, en réalité, la prescription de cinq ans n'est applicable, en matière de billets à ordre qu'autant que l'obligation cons-tatée sous cette forme, a une cause commerciale.

La forme du billet à ordre ne suffitpas, en effet, à elle seule pour motiver l'application de cette prescription spéciale, il faut qu'il ait été souscrit pour une opération de commerce, et si la loi déclare prescriptible par cinq ans les billets à ordre souscrits par des commerçants, c'est qu'en raison de la qualité des signataires, elle présume qu'ils ont une cause commerciale, de sorte que, si le billet à ordre souscrit par un commerçant annonçait une cause civile, il serait soumis à la prescription ordinaire.

Ces règles doivent s'appliquer au billet à domicile ; celui-ci, quoique contenant la remise de place en place, est, par sa nature, complétement distinct de la lettre de change.

Quant aux billets au porteur, il semblerait que la prescription quinquennale doive leur être appliquée, toutes les fois qu'ils doivent être classés parmi les engagements pour faits de commerce; cependant, comme l'ordonnance de 1673 décidait qu'ils ne se prescrivaient que par trente ans, nous croyons, dans le silence du Code de commerce, qu'il faut leur appliquer les principes généraux et décider qu'ils sont régis par la prescription ordinaire.

La prescription n'est opposable dans tous les cas,

dit l'art. 189, qu'autant qu'elle résulte de la lettre de change même. Aussi l'action du tiré qui a payé à découvert, ne sera prescriptible que par trente ans, car elle résulte immédiatement, non pas de la lettre de change, mais de l'avance faite par le tiré, et dont celui-ci demande le remboursement ; le tiré qui a payé sans avoir de provision n'a fait qu'exécuter le mandat dont il était chargé, il aura donc l'*actio mandati contraria*, qui n'est soumise qu'à la prescription trentenaire.

Le délai de cinq ans court du jour du protêt ou de la dernière poursuite juridique ; mais, s'il n'y a eu aucun protêt ni aucune poursuite juridique, à partir de quelle époque la prescription a-t-elle commencé à courir ? L'ordonnance de 1673 porte que toute lettre de change sera réputée acquittée après cinq ans de cessation de demande et de poursuites, à compter du lendemain de l'échéance ou du protêt, ou de la dernière poursuite. Nous ne croyons pas que les rédacteurs du Code aient voulu modifier cette ancienne règle ; et par ce mot, jour du protêt, ils ont entendu désigner le jour où le protêt aurait dû être fait. (Cass., 16 novembre 1853.)

Lorsque la lettre de change est à vue, la prescrip-

tion, s'il n'y a pas de protêt, court à partir de l'expi-
ration du délai de trois mois fixé par l'art. 160 pour la
présentation de la lettre. (Cass., 1ᵉʳ juillet 1845.)

Le Code de commerce reconnaît comme causes d'interruption de la prescription de cinq ans, la dernière
poursuite juridique, le jugement de condamnation et
la reconnaissance par acte séparé. Par poursuite juridique il faut entendre non-seulement l'assignation,
mais tous autres actes de procédure qui pourraient être faits en vertu de la lettre de change, tels
que la saisie conservatoire autorisée par les art. 172
du Code de commerce et 417 du Code de procédure
civile. Nous croyons aussi que cette expression comprend non pas simplement la demande, mais toute la
procédure; de sorte que l'interruption se prolonge
tant que le tribunal reste saisi de la cause.

Une différence notable sépare la dernière poursuite
juridique du jugement et de la reconnaissance par
acte séparé.

La poursuite juridique, tout en interrompant la
prescription, n'opère pas novation, c'est la même
prescription, celle de cinq ans, qui recommence à
courir.

Ainsi, un jugement a été rendu par défaut, malgré

5

l'art. 156 du Code de procédure civile, applicable aux
matières commerciales en vertu de l'art. 643 qui lui
faisait une loi d'exécuter le jugement dans les six
mois, le porteur est resté inactif, le jugement étant
réputé non avenu, la condamnation tombe avec tous
ses effets : néanmoins, la poursuite exercée aura interrompu la prescription, car, au bout des six mois,
ce qui est reputé non avenu, c'est seulement le jugement et non la procédure antérieure, mais la même
prescription quinquennale aura recommencé à courir,
à partir du dernier acte de procédure ayant précédé
le jugement.

Lors, au contraire, que le créancier a obtenu un jugement de condamnation ou une reconnaissance par
acte séparé, il n'y a plus lieu désormais qu'à la prescription de trente ans ; c'est qu'alors il y a un titre
nouveau. Le jugement de condamnation et la reconnaissance par acte séparé ont donc cet effet particulier d'influer, et sur le passé en anéantissant la prescription courue, et sur l'avenir en modifiant la nature
de la prescription qui pourra recommencer à courir.

Mais pour être séparé, l'acte de reconnaissance
doit constituer, non pas une annexe de la lettre de
change, mais un titre indépendant requis pour opérer

novation ; car la reconnaissance pure et simple, qui peut être aussi verbale, interrompt également la prescription quinquennale. Mais la prescription qui recommencera à courir sera toutefois identique. Ce sera donc par l'examen des termes employés par les parties, des circonstances particulières propres à révéler leur intention, qu'on arrivera à savoir si la reconnaissance constitue ou non un acte séparé.

Comme autrefois, sous l'empire de l'ordonnance et conformément aux dispositions de l'art. 2278 du Code civil, la prescription quinquennale de l'art. 189, comme toutes les prescriptions statutaires, n'est point suspendue par la minorité ni par l'interdiction du créancier.

Mais la force majeure serait une cause de suspension si elle avait mis le créancier dans l'impossibilité absolue d'agir.

La prescription dont parle l'art. 189 est bien une preuve complète de libération, néanmoins il reste encore une ressource aux créanciers; la loi leur permet d'exiger que le prétendu débiteur qui invoque la prescription, prête serment qu'il n'est plus redevable, et que ses proches, veuve, héritier, ou ayant-cause affirment aussi par serment qu'ils estiment de bonne foi qu'il n'est plus rien dû.

Mais par la délation du serment, les créanciers ont épuisé leur droit, et les juges ne pourraient écarter la prescription par la preuve contraire en se fondant sur de simples présomptions de non-payement : « Attendu (porte un arrêt de la Cour de Lyon), qu'en
» présence de dispositions impératives, fondées d'ail-
» leurs sur de hautes considérations d'intérêt géné-
» ral, malgré les circonstances de fait qui donnent à
» la Cour, la conviction que le payement n'a pas eu
» lieu, la justice ne peut que renvoyer le défendeur
» au jugement de sa conscience. »

POSITIONS

—

I. — Aucune prescription ne court tant que le tribunal reste saisi de l'affaire en vertu de la demande.

II. — La prescription est interrompue par la comparution volontaire des parties soit devant le juge de paix, soit devant les arbitres.

III. — La citation en conciliation pour une cause qui n'est point soumise à ce préliminaire, interrompt la prescription.

IV. — L'assignation directe au tribunal de première instance dans une affaire soumise au préliminaire de conciliation, interrompt également la prescription.

V. — L'interpellation faite à la caution ou la reconnaissance par elle de sa dette, n'interrompent pas la prescription à l'égard du débiteur principal; bien plus l'interpellation faite contre la caution n'opérera pas toujours l'interruption contre elle.

VI. — Il n'y a d'autres exceptions au principe [de la prescription que celles qui sont établies par la loi ; en conséquence les cas de force majeure, tels que la guerre, la peste, etc., n'ont aucun effet suspensif.'

VII. — La maxime que le mineur relève le majeur èst vraie daus le cas d'indivisibilité seulement, et non dans celui d'indivision.

VIII. — Toutes les fois que l'action révocatoire de la femme réfléchira contre son mari, la séparation de biens ne sera plus une cause d'extinction de la suspension.

DROIT COMMERCIAL

I. — Lorsque le caractère commercial ou civil de la cause d'un billet à ordre est inconnu, la circonstance que le souscripteur est marchand ou banquier fera seulement présumer la commercialité de l'opération.

II. — Les règles relatives au billet à ordre en matière de prescription doivent être appliquées au billet à domicile.

III. — Les billets au porteur ne sont point soumis à la prescription de 5 ans, ils doivent être régis par les principes généraux.

IV. — La reconnaissance par acte séparé doit constituer non pas une annexe de la lettre de change, mais un titre indépendant requis pour opérer novation.

V. — La présomption légale de libération établie par l'art. 189 du Code' de commerce, ne peut être écartée par la preuve contraire, si ce n'est par le serment.

Vu par le doyen :
G. COLMET DAAGE.

Vu par le président :
COLMET DE SANTERRE.

Paris-Vaugirard. — Typ. N. Blanpain, rue Jeanne, 7.

www.ingramcontent.com/pod-product-compliance
Lightning Source LLC
Chambersburg PA
CBHW070815260626
47161CB00006B/2286